すぐにゆずってしまわないで

自分より弱い人に席をゆずったり、いそいでいる人に前をゆ
みんなで分け合えるものをひとりじめしようとしない。そう
とても大切なものだよね。

JN112666

お姉ちゃんだから
ゆずってあげて

いい子だから友だちに
ゆずってあげなよ

心やさしい娘

いい姉、
いい妹

あんたが
ゆずって

親切な女の子

でもあなたがずっと楽しみにじゅんびしてきたチャンスを、
自分の力を出し切れるチャンスを、すぐにだれかへゆずってしまわないで！
リレーのクラスだいひょうになりたい？　ダンスでセンターになりたい？
そんな気持ちがあるなら、ほかにも手をあげている子が
いるからってあきらめないで。
やってもみないでチャンスをゆずることは、
あなたの努力と努力してきた時間をうらぎることなんだ。
いまのあなたにひつようなのは、ほかの人にチャンスを
ゆずることではなく、自信を持つこと！

自信を持つ

お手本にしたい女性を見つけよう

女の子にかんどうとひらめきを与えてくれる女性たちの話を見つけよう。

女性がなしとげたすごい仕事を、もっとたくさんの人に知ってもらおう。

むかしむかし、学校に通うことができたのは男だけ。女にできる仕事は、家の仕事だけ。

だからむかしの「偉人たちの伝記」には、男ばかりがのっているんだ。

でも、そんな時代にだって、おどろくほどの勇気となみはずれた才能で、

世界を変えた女性がたくさんいる。

かっこいい女性たちがあまりにも多くて、びっくりするかもよ。

マリ・キュリー

ノーベル賞を二回もじゅしょうした物理学者で化学者。こんなにすばらしい科学者なのに、フランス科学アカデミー（フランス国立の学術団体）の会員にはなれなかった。

なぜかって？　女だから！　ありえないでしょう？

ヴェラ・ルービン

宇宙に「暗黒物質（ダークマター）」（見えないのに質量を持つ未知の物質）が存在することをしめした天文学者だよ。

大学時代から実力を買われていたのに、のぞんだ大学院に入ることはできなかった。なぜかって？

女だから！　でもそれを気にすることなく、ヴェラ・ルービンは、四人の子どもをそだてながら博士号をとった。妻やほかのだれかにいろんな世話をしてもらって、勉強だけに集中できた男性科学者たちときそい合ったんだよ。

韓国ではじめて法学部に入学した女子学生で、はじめて女性弁護士になった人だよ。いまでも法律の仕事をするのは、男のほうが多いよね。むかしはいまよりもさらに多かった。イ・テヨンは、学校でも社会でも女を仲間に入れてくれない雰囲気のなか、いっしょうけんめいに努力して弁護士になったわけ。その後は、不当な目にあっても法の保護を受けられない女性のため、はたらきつづけたんだよ。

エイダ・ラブレス

世界ではじめてのプログラマーだよ。びっくりした？　パソコンをそうさするのは、男がとくいって思っていなかった？　パソコンが発明されたころに、プログラムをつくっていたのは、女だった。でも、パソコンかんけいの仕事が重要になると、女のかわりに男がつくようになったんだ。

家族法を改定せよ

さあ、行こう

ベルタ・ベンツ

自動車で、長いきょりをうんてんすることに、世界ではじめて成功した。ベルタ・ベンツの夫カール・ベンツは自分でつくった車で、長いきょりを走ることをためらっていたんだ。みんながこわがり、しり込みしていた計画を成功させたのが、ベルタ・ベンツだった。

女はもともと男よりうんてんがにがてだって？ベルタ先生がその話を聞いたら、びっくりしておはかから出てきちゃうよ。

あなたの体をありのまま好きになろう

女の子は、肌(はだ)を見せるのははずかしいことだって教えられる。
ほかの人に肌を見られないようにしなきゃいけないし、体について話すのもダメって。

でも、あなたの体がいけない
わけではない。
体にはよいも悪(わる)いもない。
あなたの体とちゃんとむき合って、
かわいがって、
ありのままを好きになろう。
あなたの体は、つまりあなた自身(じしん)だよ。
自分の体をきらいになるのは、自分をきらいになるのと同じこと。

女の体はこうじゃない
とダメだって？

肌
やわらかくて
まっしろ

頭と顔
小さい

かみの毛
長い

お腹
ぺったんこ

こし
くびれがある

手足
ほそ長い

足
小さい

でも、マネキンのような体のほうが
キレイに見えるんですけど……？

自分がすごしている世界（せかい）のルールを
むしするのは、かんたんなことじゃな
いよね。でも、考えてみよう。体は
ぜったいにキレイでなきゃいけない？　とくに女は、
なんで現実（げんじつ）にはありえないような体型（たいけい）がよいと
されるんだろう。ほかの人がきめた「キレイ」で
あなたの体をひょうかするのはもうやめよう。

「なんで」となんども聞いてみよう

おとなはいつも正しい、と思っている子なんているの？
おとなはいろんなことを学んで、いろんなことをけいけんしているから、
子どもよりたくさんのことを知っている。でも、いつも正しいわけではないんだ。
おとなだってまちがえることはある。だからおかしいと思ったら「なんで」と聞い
てみよう。

がんばって！

なんで？

なんで
そうするんですか？

なんでそれを
しなきゃいけませんか？

なんでそれを
わたしがやるんですか？

キミってとても
めんどうくさい子だな

質問したら、めんどうくさいと
言われてしまうかもしれない。
でもこわがらなくていいよ。
人からどう思われるかを心配し
て、聞きたいことをがまんしな
いように。

でも、おとなに「口答えするな」と怒られるのがこわいです。

なんで、と聞いただけなのに、怒るおとなもいるよね。
そんなおとなのあいてをするのはやめよう。
そういう人とは話さないほうがいい。でも話ができるおとなも
たくさんいるからね。聞く前からこわがって、質問するのをあ
きらめないで。

ほめられようとしない子になろう

ほめられるのがきらいな人って、あまりいないだろう。
子どもたちは、算数の問題がとけたり、なにかにすごい才能を見せたりすると、ほめられる。でもざんねんながら、そういうことはしょっちゅう起こらないんだよね。子どもたちはほめられたくて、愛されたくて、本当にやりたいことをあきらめてやりたくないことをしたりする。そうすると「いい子」とほめられるから。

やりたいって
気持ちがあるなら問題ナシ。
ほめられるためにやるのはやめよう、ってこと。
ほめられたくて、本当はやりたくもないことを
したとしよう。でも、ほかの人はあなたが好きで
それをやっているとかんちがいする。あなたがほかの人の
ためにグッとがまんしていることには気がつかない。

あなたのやり方で世界を変えよう

人気のおもちゃレゴにはステキな人形がたくさんある。英雄、科学者、エンジニア、探検家の人形が、世界をすくって、びっくりするようなものをつくり、とっておきのわざを見せ、楽しいぼうけんに出かける。でも、そのぼうけんに女はいない。英雄も悪党も男ばかり。

女の人形は、パーティに出たり、ショッピングをしたり、料理をしたり、子どもの世話をしたりするだけ。まさか、女がそんなことにしか興味がないと思ってないだろうね。

シャーロットのやり方

シャーロットはくやしかった。おもしろくて大事なことは、すべて男の人形がやってる気がしたから。それでどんなことをしたと思う？　レゴをつくっている会社に手紙を書いた。楽しくて、おもしろくて、大事な仕事をする女の人形を、もっとつくってほしいと。レゴはシャーロットのねがいを聞いて、女の科学者セットをつくったんだよ。これが大ヒットした。かっこいい女性科学者の人形がほしかった子が、シャーロットのほかにもたくさんいたってこと。子どもだって世界を変えられる。シャーロットのおかげで、わかったでしょう？

LEGO社へ
わたしはシャーロットといいます。7さいです。レゴがだいすきですが、レゴにおとこのこがおおくておんなのこがすくないのはいやです。きょうおみせにいったら、ピンク（おんなのこ）のレゴとあお（おとこのこ）のレゴがありました。おんなのこはみんないえにいたり、ビーチであそんでいたり、かいものをしたりしていました。しごとはありませんでした。でもおとこのこはぼうけんをしたり、はたらいたり、ひとをすくったりしていました。しごとがありました。サメとおよいでいることもありました。おんなのこのレゴをもっとたくさんつくってください。そしておんなのにんぎょうもぼうけんにでかけたりもっとたのしいことをしたりしてほしいです。わかりました？　ありがとうございます。
シャーロットより

「いいえ」「イヤです」と伝えよう

いいえ。

イヤです。

けっこうです。

いやなことがあってもなかなか「イヤ」と言えない子がいる。
すべてが好きなはずはないのに。
いやだと言ったらあいてがかなしんだり気を悪くしたりするから、ことわれない。
力が強くてこわいあいてだと、よけいにいやだと言うのがむずかしいよね。大きな勇気が要る。あぶなそうなときには、無理に言わなくてもいいよ。
でもずっとがまんばかりするわけにはいかないでしょう？
言えるときははっきり「イヤ」と言ってみよう。

理由なんていらない！

いやなことをいやだと言うとき、
理由なんてせつめいしなくていい。
理由がなくたっていやなのは
いやだもの。

17

「かわいい」は言わせない

かわいいと言われると、うれしいよね。なのにどうして言わせてはいけないかって？あなたのおばあさんがあなたを見て「いちばんかわいい」と言うときと、知らない人が「きみはかわいいね」と言うときの「かわいい」はおなじ意味じゃないから。顔と体だけを見て「かわいい」と言うとき、その人はあなたをひょうかしている。見た目でせいせきをつけているようなものだよ。

100点

はなが高くて、目がまん丸で、手足がほそ長いから。

70点

顔はかわいいのに、かみがたがヘン。

30点

女？ 男？ どっち？

だれかの顔と体を見て「かわいい」「かわいくない」とひょうかするのは、ぜったいにやってはいけないこと。わたしたちの顔は、だれかにああだこうだとひょうかされていいものではない。あいてがだれであれ、あなたはそんなことを言わせてはいけないし、あなたもだれかにそんなことを言わないようにしよう。

こう言われるとうれしい

こう言われるのは、イヤ!

手をあげよう

「先にやってみたい人？」

「だれかやってみる？」

「だれがやろうか？」

「だれかやってみる？」
こんなことを聞かれたら、高く手をあげてみよう。もちろん、やってみたいと思ったらね。
「どうしよう。やってみてもいいかな。ほかの子がやったほうがいいんじゃないかな」と
やってみたい気持ちがあるのにまようときは、手をあげてみて。しっぱいするのがこわい？
しっぱいしたっていいじゃない？　まだいろんな生き方を学んでいる子どもだもの。
目立ちたがりのように見えるのが心配だって？　目立ちたがりでなにが悪い？
なにもしないで、人のことをああだこうだ言ってばかりいるよりマシだよ！
まわりを気にしてじーっとしているには、この世にワクワクすることが多すぎる！

ケンカをおそれないで

だれとでもケンカしようってことじゃない。
あなたにまちがったことを言ったり、しつれいなことをしたり
するあいてと口ゲンカになることをおそれなくてもいいってこと。
あいてがまちがっていても、ケンカは悪いことだから目をつぶってる？
それは、あなたもまちがいに手をかしているってことになる。ケンカしないで、
しずかに話し合えたらもっといいだろう。だけどケンカしか方法がないこともある。
もちろんひどく怒られ、いやな気持ちになるだけのときもあるかもしれない。
でも、まちがったことをされたときに、あきらめないであなたの考えをことばにし
たけいけんは、あなたのむねに残り、あなたを守る力になってくれるはずだよ。

男の子たちへ

男の子も「男の子らしく」なくてもいい自由がある。
女の子が「女の子らしい」ということばにとらわれなくてもいいようにね。
「男のくせに泣いてるの？　男らしくないな」
好きに泣いてもいい自由
「勝つんだよ。男が女に負けてどうするんだ」
どうどうと負けてもいい自由
「大きくなって立派な人になるんだよ。この家の大黒柱なんだから」
立派な人にならなくてもいい自由
「うわあ、弱虫さんだな。男の子なんだからゆうかんにならないと」
こわいと言ってもいい自由
これまでこのようなことを言われてきたなら、もう忘れてもいいよ。
こんな考え方がまちがってると気づくことが、ステキな人になる第一歩なんだから。

やさしい子になろう

強い男を意味する「マッチョ」「タフガイ」といったことばが
はやったことがある。本物の男は、らんぼうで、
ぶっきらぼうにしゃべって、すなおになってはいけないって。
おかしいよね？　他人を思いやることもできず、
好き勝手にふるまうのが本物の男だなんて！
そんな人とは友だちになりたくないかも。
時代おくれの「マッチョ」なんかにはならないで、
やさしくてあたたかい人になろう。
だれもがあなたと友だちになりたいと思うはずだよ。
ほかの人の立場や気持ちを思いやることができてこそ、
本当にステキな人になれるんだ！

どうどうと こわがってもいい

めまいがするほど高いところから
とびおりることができて、くらいところで
ビクビクしてはいけなくて、こわい話
なんて平気だって顔して聞かなくては
いけないと言う人がいる。男の子だからって。
男の子はなんにもこわがってはいけない
なんて、とんでもない話だよ。
「こわい」と思うのは、きけんから自分を
守るための本能なんだ。
こわいと感じないのは、
自分を守ろうとする本能が弱いってこと。
なぜそんなことが自慢になるんだろう。
ケガするかもしれないのに！
自分を守るための本能が強いのは、
はずかしいことなんかじゃない。
こわい気持ちは、かくさなくてもいいよ。

ひいいい
こわいよ

これがこわいって？
笑っちゃう。ハハハ……

よくあらって、ちゃんときがえよう

きちんとあらわないと、きゅうな病気にかかることもある。

トイレのあとは手をあらおう。こうしゅうトイレにはたくさんの菌がいるから、手をあらわないとね。

その手でお菓子を食べて、友だちと手をつないで、目をこするんでしょう?

手をよくあらえば、病気から自分を守ることができる。

体からにおいがしないように、よくあらって、ちゃんときがえよう。

キレイになることは、自分を守るための第一歩だよ。

どうして男の子だけに、こんな話をするかって?

女の子たちは、ずっと前からすでに言い聞かされていることだから。

わんわん泣いてもいい

男は人生で三度しか泣いてはいけない、
ということばがある。
男は生まれたとき、親が亡くなったとき、
自分が死ぬときだけ泣くものなんだって。
なんておかしな話だろう。

子どもはよく泣くものなんだ。
いたかったり、かなしかったり、くやしかったりしたら泣く。とてもしぜんなことだよ。泣こう！　大きな声でわんわん泣いて、ズルズル鼻をすすって泣いて、しくしく泣いてみよう。だれだって自由に泣けばいい！　もちろん笑うのだって自由だよ！
気分がいいとき、楽しいときは、思いっきり笑おう。自分の気持ちをすなおに伝えるのは、とてもステキなことなんだ。

**泣くのをからかってくる
子たちへの対処法**

かなしくて、いたくて、くやしくて、はらだたしくて泣いているのに、それをからかってくる子もいるよね。そんな思いやりのない子たちには、泣きやんでからこう言ってあげよう。

かなしんでいる人を見て笑うのは、みっともないことだよ！

**泣くのをしかってくる
おとなたちへの対処法**

そんなおとなたちは、自分が子どもだったころのきおくをすっかり忘れてしまったんだろう。子どもはよく泣くものだと教えてあげよう。

子どもは泣いてそだつものです！

小さな夢を持ってもいい

「男の子なんだから、立派な仕事をしないと」
むかしの男の子は、よくこんな話を聞かされていたんだ。
でも立派な仕事ってどんなものだろう。お金をたくさんかせいで、
みんながあこがれるようなえらい人になること？　もっと大きな夢を持てと言われ、
自分の大切な夢をあきらめてしまうときがある。でも、そんなひつようはないよ。
夢はあなた自身がきめるものなんだから。

夢を笑われたらどうすればいいですか？

他人の夢を笑っている人を笑ってやろう。
アハハハハハハハって！

大きな夢を持ちたかったら どうすればいいですか？

なにが問題なわけ？　思うままに大きな夢を持てば
いいよ！　そのままあきらめないでがんばってね！

わたしには夢がありません。 それっていけないことですか？

そんなことない！　夢を持っていないおとな
だってたくさんいるし。それに夢は、なにか
の職業でなくてもいいんだよ。わたしの子ど
ものときの夢は、世界を旅してまわること
だった。まだかなえられていないけどね。い
まの夢は、世界にあるおいしいものをぜーん
ぶ食べてみること！　あっ、夢がちょっと大き
すぎ？

言いたいことは、ことばで伝えよう

いまからとっても大事な話をするね。
言いたいことは、「ことば」で伝えよう。
「どういうこと？　言いたいことをことばで
伝えるってあたりまえじゃない？」
そう思うかもしれない。でもたまに、
言いたいことをことばではなく、
体で伝えようとする子がいる。
「ありがとう」と言うかわりに体をドンとたたいたり、
「ごめん」と言うかわりにもたたいたり、「いっしょに遊ぼう」と
言いたいときはヘッドロックをかけたり、わかったと足でけったり、好きだからと
耳を引っ張ったり、怒ったら思いっきり物をたたいたりして！　ことばで伝えても
ごかいが生まれることがあるのに、体をたたいたり押したりしていたら、あなたの
気持ちは伝わらない。言いたいことは、ちゃんとことばで伝えられる人になろう。

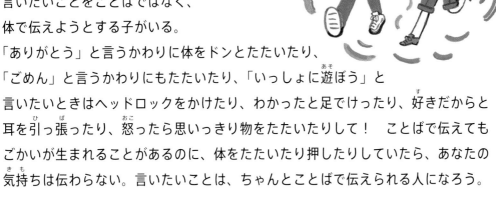

傷ついたと伝えよう

体がいたいとは言えても、心がいたいときはだまってしまうことが多いんじゃないかな。
「男は傷ついたと言っちゃいけない」って言われるし。「男のくせにせんさいだ」と
言われるのがイヤで、かなしくてもがまんしてしまうこともあるよね。
くやしくて、かなしかったら、平気なふりをしないでまわりの人に気持ちを伝えてみよう。
心がいたい、なぐさめてほしい、ってね。

料理をしよう

料理をして、ごはんのしたくをして、あらい物ができるようになろう。

むかしは「男は台所に入っちゃいけない」と言われてたんだって。

いまは男女かんけいなく家事をする家庭も多いけどね。

あなたももしかして男は料理ができなくていい、子どものときは母にやっても

らって、けっこんしてからは妻にやってもらえばいいって思ってない?

それはとんでもないかんちがいだよ。

責任感がある人なら、生活にひつようなことを、自分でちゃんとできるように

ならないと。ひんぱんにキッチンに入って、いろんなことをおぼえよう。

服をキレイにあらうのも忘れないでね。

パパを変えよう

パパは子どものころから「男はもともと〇〇だから」
ということばをたくさん聞かされてきたはず。
だからあなたにもそう言うかもしれない。
「男の子は強くてハキハキしてなきゃ。ぼくみたいにね」
パパはあなたのためを思ってこんなことを言うんだろうね。
でも、男だからって強くてハキハキしているひつようはないんだよ。
ふだんはおとなが子どもに教えることが多いけれど、子どもがおとなに教えな
きゃいけないことだってある。おとなたちは頭がかたくて、新しいことをおぼ
えるのに時間がかかる。だからあなたが教えてあげよう。
男は〇〇だから、と思いこんでいると、かっこいい男にはなれないよってね。
手おくれになる前に、パパがかっこいいおとなになれるよう、たすけてあげて。

あなたがどちらがわにいるかを知ろう

明るいところにいると、くらいところはよく見えない。反対に、くらいところからは明るいところがよく見える。明るくて、大きくて、強いがわに立っていると、くらくて、小さくて、弱いほうがどんなことになっているか見えづらいんだ。いまわたしたちがくらしている社会では、男性が女性より強いがわに立っている。それは生まれたときから男性が強いからじゃなく、女性たちがずっとおさえこまれてきたせいだよ。

女性は男性よりいい仕事を見つけるのがむずかしく、同じようにはたらいても
より少ないお金しかもらえない。しかも妊娠や出産する女性をクビにしてしま
う会社も多い。法律いはんだけどね。その人の立場や肌の色で差別してはいけ
ないのと同じように、性別で差別してはいけない。差別を弱い人の力だけで変
えることはむずかしい。あなたは自分が社会のどちらがわにいるのかをちゃん
と知っておくひつようがある。あなたにとってはすごしやすいあたりまえの世
界が、だれかにとっては生きづらくてきびしい世界かもしれない。それに気づ
けば、平等な世界のためになにをするべきかわかるはずだよ。

お母さん、ぼくが生まれたときうれしかった？

もちろん！
でも、妊娠して会社を
クビになったのは、
かなしかった。

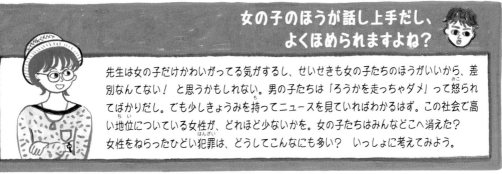

女の子のほうが話し上手だし、よくほめられますよね？

先生は女の子だけかわいがってる気がするし、せいせきも女の子たちのほうがいいから、差別なんてない！　と思うかもしれない。男の子たちは「ろうかを走っちゃダメ」って怒られてばかりだし。でも少しきょうみを持ってニュースを見ていればわかるはず。この社会で高い地位についている女性が、どれほど少ないかを。女の子たちはみんなどこへ消えた？　女性をねらったひどい犯罪は、どうしてこんなにも多い？　いっしょに考えてみよう。

ステキな人になりたい
みなさんへ

だれもが、いい人になって世の中の役に立ちたいと思うよね。
だから「こういう人になってほしい」と言うとき、
性別でわけるひつようはない。だけどいままでは、
それがわからないおとなが多すぎた。
こういう女の子になりなさい、ああいう男の子になりなさい、
と性別によってべつべつのことばをかけてきたわけ。
ここまでは女の子が聞かされることばを男の子に、男の子が聞かされる
ことばを女の子にかけてみた。みんながふだんからよく聞く
ことばではなく、女の子があまり耳にしたことのないことば、
男の子があまり耳にしたことのないことばを聞いてみてほしかったんだ。

ステキな人ってどんな人？

自分で思ったこと、感じたことをちゃんとことばでせつめいできる。そしてあいての話に、ちゃんと耳をかたむけられる。

たすけがひつような人に、手をさしのべることができる。

自分とはちがうあいてにも、口出しやダメ出ししたりせず、そのままみとめられる。

わかることをわかる、わからないことはわからないと言える。

時間があるときに本を読む。

ちゃんと運動をする。

わたしたちがくらしている世界の、女と男

いまわたしたちがくらす世界は、性別で差別していたむかしとはちがうんだって。しかも、いまや女性が男性より上位の世界になってしまったとなげかれることも多い。それって本当かな？

本当に差別のない世界なら、性別でなにかをきめられたりしない。仕事はえらべてあたりまえだし、ヘアスタイルやようふくも自由にえらべないとね。そうでないなら、公正で自由な世界とは言えない。

仕事をえらぶとき

大きくなったらどんな仕事をしてみたい？ もちろん、やりたいという気持ち
だけで、なんでもできるわけじゃない。その仕事がこなせるだけののうりょく
を身につけないとね。バレリーナになりたければ、体がやわらかくなるまでれ
んしゅうしないと。検事になりたければ、むずかしい法律用語をまるまるおぼ
えられるようにならないと。でもそれだけでいいんだろうか。まだこの世界に
は、女にできる仕事と男にできる仕事はべつだと思っている人がいる。仕事を
えらぶときに、まず自分が女か、男かを考えるひつようがあるっておかしくな
い？ その仕事が自分にできるか、自分のやりたいことか、そのほうがもっと大
事じゃない？ 絵を見ながら一度考えてみよう。この絵のなにかがおかしいと
あなたが感じるなら、どうしてそう思うのかもいっしょに考えてみよう。

女性医師、男性看護師

トラクターをうんてんする女性農家、
草かりをする男性農家

男性保育士、女性運転士

女性パイロット、
男性キャビンアテンダント

女性エンジニア、花屋の男性店員

男性オペレーター、女性プログラマー

マンガのキャラクター

マンガでかっこよくてじゅうようなことをするのは、どうして男ばかり？
女のキャラクターは、男の主人公をたすけたり、じゃましたりするだけ。
女の子たちは、女の英雄を見ながらスカッとできるチャンスがなかなかえられない。
あまりにも不公平だと思わない？

見た目

これが
わたしの
スタイル！

男の子っぽいようふく？　女の子っぽいかみがた？　なんて
古くさい話だろう。立場によって身分に高い低いがあったむ
かしむかしでもないのに。わたしたちには、好きなようふく
を着て、好きなヘアスタイルにする自由があるんだよ。

おもちゃ

おもちゃにも、女の子用と男の子用がある。これはとてもしんこくな問題なんだ。性別でわけることに子どものころからなれていると、頭の中で性別についてのまちがった思いこみがあたりまえのものになってしまう。「女の子は、ままごとして、人形で遊ばなきゃ」「男の子は、銃で遊んで、サッカーをしなきゃ」。こんな古い考え方を、おとなになってから変えるのは大変だよ。

家の中の 女と男

「朝起きてごはんを食べ、きがえてから学校に行く。ゆうはんを食べたあとは、宿題をして、犬と遊んで、きれいなふとんをかぶって寝る」

ごくふつうの一日だね。でも、こんな一日をおくるためには、だれかがごはんをつくり、せんたくとそうじをしなければいけない。だれがやっているんだろう。あなたの家ではだれがやっているか、一度チェックしてみよう。

①よう服をせんたくきに入れて、回して、ほして、たたんで、タンスにしまうのはだれ?　女□男□

②使ったタオルをあらい、たたんでタオルラックにおくのはだれ?　女□男□

③朝ごはんをつくるのはだれ?　女□男□

④朝ごはんをテーブルにならべて、ごはんができたとあなたをよぶのはだれ?　女□男□

⑤朝ごはんを食べたあと、お皿をあらうのはだれ?　女□男□

⑥食事のために買いものをするのはだれ?　女□男□

⑦ゴミばこのゴミをすてて、新しいごみぶくろをセットするのはだれ?　女□男□

⑧あなたになにかあったとき、学校の先生がそうだんをするのはだれ?　女□男□

⑨あなたの宿題をてつだってくれるのはだれ?　女□男□

⑩学校に行くじゅんびをてつだってくれるのはだれ?　女□男□

⑪そうじきをかけるのはだれ?　女□男□

⑫ぞうきんがけをするのはだれ?　女□男□

⑬ゆうはんをつくるのはだれ?　女□男□

⑭ゆうはんを食べたあとに皿を片づけ、あらうのはだれ?　女□男□

⑮おふろをそうじするのはだれ?　女□男□

⑯せっけんとはみがきこが切れていないかをかくにんし、買ってくるのはだれ?　女□男□

⑰家族のたんじょう日やきねん日をわすれずに、いわってくれるのはだれ?　女□男□

⑱あなたといちばんたくさんの時間をすごしているのはだれ?　女□男□

⑲あなたになやみがあったとき、話を聞いてくれるのはだれ?　女□男□

ほとんどの家事を女の人がやっているなら、家族みんなで話し合ってみよう。
女ってだけでいくじや家の仕事をまかされることが、
はたして本当に正しいのかな。

男は外でお金をかせいでるんだし、家事は女がやるのが公平じゃないですか?

ちっとも公平じゃない!　お金をかせぐことがいくじや家事よりも大事だと思われがちだよね。しかも主婦は、「家で遊んでる」と言われることもある。あんなにたくさんの家事にまともな対価をしはらおうとしたら、すごいお金になるはずだよ。それに、妻と夫が両方はたらいている家でも、家事は女性に押しつけられることが多い。外での仕事と家事やいくじをぜんぶこなすのが大変で、しかたなく仕事をやめる女性も多い。お金をかせいでいるのがだれであれ、家事やいくじは女の仕事、とあたりまえのように思うことが問題ってわけ!

女の体、男の体？

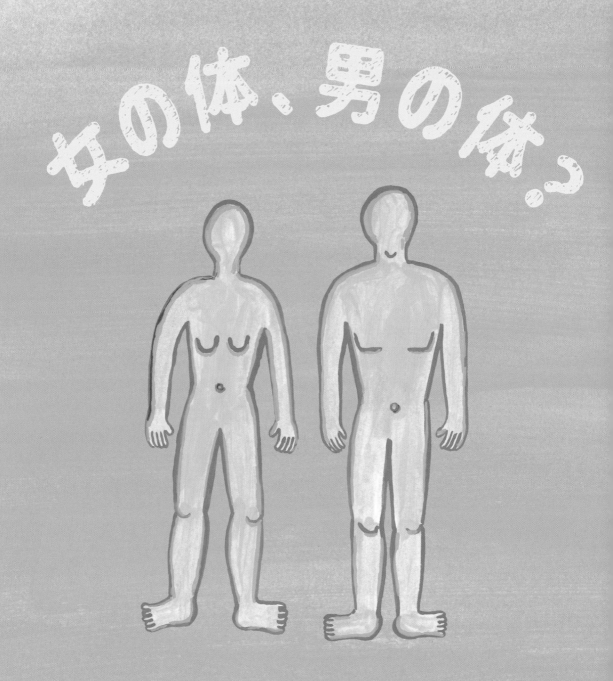

女性と男性のいちばんのちがいは、体だと思っている人もいる。
体のつくりがちがうから、いろんなちがいが生まれるんだって。
たしかに、女性と男性の体はちがう。
生殖器（生殖活動にかんけいする体の器官）の形もちがうし、
むねの形や大きさもちがう。
では、実際にどれほどちがうものか、いっしょに見てみようか。

赤ちゃんの体

おむつをすると性別の
見わけがつかない。

子どもの体

子どもの場合も、それほど大きなちがいは見られない。
同じようふくをきて、同じかみがたをしていれば、
性別の見わけがつかなそうだよね。

思春期の子どもの体

思春期になると、女と男で体に
ちがいが目立ってくる。
「多くの女の子は、むねがふく
らみ、おしりが大きくなる」
「多くの男の子は、ひげがのび、
筋肉がつく」
「わき、生殖器まわりに毛が生
えてくる」
こんなふうに少しずつ体がへん
かするんだよ。

男は女より筋肉が多いって？　それがどうした？

いっしょうけんめいに運動すれば、だれでも筋肉をきたえ、強くなることができる。だから力が強くて筋肉がついている女性も多いし、こがらで力が弱い男性もたくさんいる。女性と男性の体はたしかにちがうけれど、そのちがいは、ぜったいに変えられないものではない。

しかもちがいがあるからって、それが差別の理由になると思う？

リーダーのように大事なやくわりは、せが高い人にまかせるべき。

肌が黒い人には、きゅうりょうを半分だけしはらう。

頭が大きい人は、ゆうえんちに入ってはいけない。

おかしいよね？　体のとくちょうやちがいを理由に差別するのは正しくないとだれもがわかるはず。
じゃあ、これはどう？

ありえなくない？

男は、女より体が大きくて筋肉もあるから、野外活動をするのにむいている。

はあ？

女は、かよわくて力がないから、屋内での活動にむいている。

はあ？

だから男は外ではたらき、女は家事をしながら子どもをそだてたほうがいい

はあ？

はあ？

はるかむかしには、より強い人が狩りに
出かけてたんだろうね。やりやおのを持って
えものをとりに行かないと、
お肉が食べられないから。

やっぱり外で
はたらくのは、
筋肉の多い
男が……。

むかしだって
おのとやりを持った
筋肉ムキムキの女性が、
ぜったいにいた
はず!

そんなに筋肉を
じまんしたかったら、
ボディービルダー
になれば?

いまは、力がより強いから外ではたらき、力が強くないから屋内で仕事する世の中じゃないんだよ。もしそうなら、屋内での事務の仕事は、ぜんぶ女性がやるべきだろう。いまは筋肉の力だけではたらくひつようもない。いろんなどうぐやきかいの力をかりることができるから。男は筋肉が多いから、という話はもうやめにしよう!

思春期になると、体がガラッと変わる?

そんなことないよ。むねが大きくならない女の子、むねが大きくなる男の子、筋肉がつかない男の子、ひげが生える女の子だって多い。「わたし、ちょっとおかしいのかな」「あの子、ちょっとヘンだよね?」としんぱいすることもある。言うまでもないことだけど、ぜんぜんおかしくないんだよ。思春期がおそく来ることだってあるし、目に見えるほどのへんかがないことも、ひときわ目立つへんかが起きることもある。みんなに同じようなへんかがあるとはかぎらないんだ。

体にも基準が<ruby>基準<rt>きじゅん</rt></ruby>が
ある?

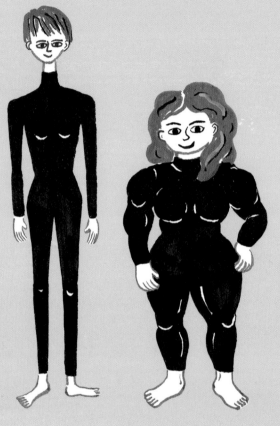

ほら、見て！　体のちがいが大きく見えるのは、
どの組み合わせ？　<ruby>性別<rt>せいべつ</rt></ruby>のちがいより、
こじんさのほうが大きく見えない？
「女の体はこんな<ruby>感<rt>かん</rt></ruby>じで、男の体はあんな感じ」
ときめつけてしまうと、その基準から
はずれている体は、すべてまちがっているものに
なってしまう。
体の基準をきめておくひつようってあるかな。
基準をきめたって、どうせごくわずかの体しか
あてはまらないはずだろうに。

世の中に同じ体なんてない！

おとなと子どもの体はちがう。たいていのおとなは子どもより
体が大きい。手足が長くて、毛はふさふさで、筋肉と脂肪もたっぷり。
でも、おとなより大きい子どももいるし、こがらなおとなだっている。

男と男

男どうしでも、よく見るとみんなちがうんだよ。頭の
大きさも、せたけも、体つきもちがう。手足の長さ、
足の大きさ、おへそ、生殖器の形まで、ぜんぶちがう。

女と女

女どうしでも、もちろんちがうよ。頭の大きさも、せ
たけも、体つきもちがう。手足の長さ、足の大きさ、
おへそ、生殖器の形まで、ぜんぶちがう。

男の体で生まれる女の子、女の体で生まれる男の子もいる。自分のことを女か男
かのどちらかであらわすのがピンとこない、どちらでもないと感じる子もいる。

人と人

人種によってもちがう。黄色人、黒人、白人、褐色人
種は、肌の色から顔つき、体つきまでがぜんぶちがう。

人間と宇宙人

宇宙人は見たことないけど！

つまるところ、みんなそれぞれってこと。
だから、生まれつきの体がちがうからって、
特定の性がすぐれているときめつけるのはまちがっているよ。

45

性別で
好きなものもちがう?

女と男は、もともと考え方やこのみがちがうとも言われる。
男は子どものころから外でかけ回って遊ぶのが好きで、
女は家の中で遊ぶのが好きだって。
それって本当かな。

女子はサッカーが好きじゃない。
男子ならみんなサッカーが好き。

本当に女の子はみんなサッカーがきらいで、男の子はみんなサッカーが好きかな？ サッカーが好きな世界じゅうの人をぜんぶ集めたら、女より男のほうが多いかもね。だからといって、きめつけるのは正しくない。サッカーが好きな女とサッカーが好きでない男を、どちらもむしするようなことなんだよ。

女子はピンクが好き。
男子は青が好き。

実は、ピンクが好きじゃない女、青よりもピンクが好きな男もたくさんいる。こんな考え方をしていたら、女も男もソンしてしまう。好きな色を思いっきり好きと言えないなんて！
人はそれぞれ。だから人を女と男とふたとおりに分けてせつめいできるはずがない。みんなそれぞれに好きな色があるのに、ピンクと青のたったふたつで分けるなんて、ばかばかしいと思わない？
いいことがなにひとつない！

雪の女王エルサの
水色のドレス

エルサが登場するまで、水色は男の子の色って思っていた女の子もいたかもしれない。でも女王のエルサが水色のドレスをはためかせ、ふぶきをまき起こすところを見て、水色はもう男の子の色でも女の子の色でもなく、ただの「ステキな」色になったんだ。

わたしたち、恋します

恋、ということばを聞くだけで、心がくすぐったくなるよね？
みんなは、恋愛ってどんなことだと思う？
顔を見るだけでむねがドキドキすること？
手がふれるだけで電気が走るようになること？
ほかの子となかよくしているのを見ておちこんだり、
ちょっと会えないだけで会いたくなったり、そばにいたかったり、
なんでもいっしょにしたくなったり！　でも、子どもが恋をしていいのかな。
どうすれば、恋をちゃーんとすることができるんだろう。

「恋」語

恋愛と友情は、どうちがう？

いちばんなかよしの友だちに感じる気持ちと、つきあっている彼氏、彼女に感じる気持ちには、似ているところが多い。いちばんなかよしの友だちがべつの子と遊んだり、その子のことをずっと気にかけていたりして、さびしい気持ちになることがあるでしょう？　とくべつによくしてもらいたい、と思ったり、もっとたくさんいっしょにいられるといいな、と思ったりするのも似ている。

でもずっとずっーと会いたくて、いつ見てもステキで、思い出すだけで心がドキドキするなら、それは恋をしてるってことじゃないかな。

手はつないでもいいのに、どうしてチューはダメですか？

チューはダメって？　そんなことないよ。おたがいに好きで、本気でチューがしたいなら、してもいい。ただ、「おたがいに」したいと思うときだけね。

これがいちばん大事なこと。したくないと言われたのにむりやりするのは、ぜったいダメ。あいてがまよっているのに、しつこく言うのもダメ。あいてのことが好きでも、チューはしたくないと思うことってよくあるからね。ぎゃくに、自分のほうがチューはしたくないと思ったら、ちゃんといやだと伝えるべきだよ。口がくさくないか、心配だって？

それはふだんからケアしておかなくちゃ。

告白は、だれがするべき？

女のほうから告白をしたり、好きなそぶりを見せたりしちゃいけないって？　男は、自分の気持ちをすなおに伝える女が好きじゃないって？　だからおしとやかに男が告白してくれるのを待つべきで、かけひきをしなきゃいけないって？　なに言ってるんだろうか？　そんなことして、好きな人とつきあうチャンスをのがしたらどうする？　男が告白しなきゃいけない、ってルールはない。言いたくなったら、言えばいいんだよ。あなたのことが好きだよ！　ってね。

男はちょっとらんぼうなほうがモテますか？

ちがう！　らんぼうなことはしたらぜったいダメだよ。それは暴力だから。好きな人にどんなことをしてあげたいか、好きな人が自分にどんなふうにしてほしいか、考えてみて。やさしく、あたたかく、しんせつにすればいいんだよ。

男どうしで、また、女どうしで、好きになるのは、おかしなことですよね？

性的に異性にひかれる人を異性愛者、同性にひかれる人を同性愛者と言う。おそらくだけど、あなたたちのほとんどは、両親の一人が男性で、もう一人が女性の家庭でそだったんだろうね。だから女どうし、男どうしで好きになるのが、おかしく見えるかもしれない。でもそれは見なれてないだけの話。同性が好きなのは、変わったことなんかじゃない。「どうしてあなたは異性が好きなんですか？」とは聞かれないように、「どうして同性が好きなんですか？」と質問するのはおかしい。だって、理由なんてないから。だれかを好きになるのに、性別なんて大きな問題じゃないんだよ。

女の子って、好きなくせにいやだって言うんですよね？

ううん、「いや」の意味は「いや」だよ。好きでも「いや」と言う人は、たしかにいる。でもそれは、その人のよくないクセだよ。「いや」には、「好き」と言うときよりずっと強い意味がこめられている。「いやだからやめなさい」と言っているわけだから。よろこんでいるように見えるのに「いや」と言う人がいたら、「いや」なんだと思ってあげて。もし本当はいやじゃないのに「いや」と言ったとしたら、それはその子の問題だからね。

だれかとぜったいにつきあわなきゃダメですか？

ううん。恋は、ぜったいやらなきゃいけない義務なんかじゃない！　チョコレートが好きな人もいれば、好きじゃない人もいるよね。恋愛だってそういうもの。したければすればいい！したくなければしなくてもいい！パートナーをつくらずに楽しくすごしている人のほうが、ずーっと多いよ。

「どんな人がステキな人で、
どんな世界がいい世界なんだろう？」
自分で幸せにくらす方法を見つけ、
他人が幸せになる権利を認めることができる人！
だれもが平等で、幸せにくらせる世界！
いまわたしたちがくらしている世界はどう？
これからも守っていきたいよいところもたくさんあるけど、
直すべきところ、やめるべきところも、
同じくらい多い。

性差別も、すぐにやめるべき悪いこと。
差別をやめるために、ずーっと昔からたくさんの人たちが
努力してきたけど、まだまだ先は長い。
もちろん一人の努力で世の中を変えるのはむずかしい。
でも、子どもたちがしっかり世の中とむきあい、なにがまちがっているかが
わかっていれば、これからの世界はかくじつに変わっていくはず。
なにがまちがっているかわかるみんなが、
いっしょに声をあげればね。

訳者あとがき

子どもは自由で、無限の可能性を持っているといわれますが、実はいろいろなことを我慢しています。私も子どものとき、やりたいことがたくさんあるのに、やらせてもらえないことがしばしばありました。わたしが不自由を感じていたのは「女の子だから」という理由でやらされることでした。どこかでじっとして遊ぶよりは、走り回って、冒険をするのが大好きだったのに、「女の子だからスカートをはかなきゃいけない」「女の子だから合気道ではなく絵の習い事に行かなきゃいけない」。私は、スカートをはくのも、お絵描きもいやでした。一方で、部屋で本を読むのが好きで、書道が上手で、繊細な性格だった兄は、「男の子だから」という理由で合気道に通わされていました。そんな兄がうらやましくてしかたありませんでしたが、いま考えると、兄は家で好きなだけ本が読みたかったのだろうと思います。こうした「女だから」「男だから」というおとなの先入観は、子どもの自由を制限してしまいます。

でも、さいわいなことに、韓国ではこうした固定的な考えに反対する声が広がっています。2015年から新しいフェミニズム運動が急速な盛り上がりを見せ、性別を理由に自由を制限されないよう社会を変えていこうとする声がたくさん集まり、社会現象になりました。大多数の人が公平、多様性が大事だとわかっていても、現実社会ではなかなか性別による差別が消えないことに痺れを切らし、ソウルのあちこちで大規模なデモが開かれました。男性中心の家族制度を批判し、新しい家族のあり方を模索する動きもあります。そして、格差や貧困の問題、性的マイノリティなどの抑圧され不利益を被っているあらゆる人々のために、社会構造を変えていこうという動きが高まっています。

本書はこうした流れの中で生まれた本です。原題『女の子と男の子：ステキな人になる方法』という、子どもたちに必要な知識を身につけてもらうための「自信満々生活本」シリーズの一冊です。世の中を性別でわけて考えることから子どもたちの自由を守るために出版されました。ジェンダーにとらわれない考え方は、これからの社会を生きる上で絶対必要な知識というわけ

です。ちなみに本書の監修者が代表を務めている「初等性平等研究会」は 2016 年に作られた団体で、2017 年にある小学校教員が授業中にソウルクィア文化祭の写真を見せたことに対して批判が寄せられたため、オンラインで「＃私たちにはフェミニスト先生が必要です」というハッシュタグ運動を行ったことで話題となり、2018 年には第七回イ・ドンミョン人権賞を受賞しています。

著者はいま私たちが日々の暮らしの中で目の当たりにするジェンダー規範、つまり男女二元論、異性愛主義に基づいた社会を批判しています。そういった既存の社会の価値観にとらわれたおとなたちは、悪気もなく「女の子だから」「男の子だから」「子どもだから」と決めつけて、子どもの行動や思考を制限してしまいがちです。本書は、ふだん男の子にかけられる制限の言葉を女の子に、女の子にかけられる制限の言葉を男の子にかけるミラーリング手法を取り、そういう言葉が子どもたちをいかに不自由にさせているかを示してくれます。これまでのジェンダー規範にとらわれた考え方が

いかにおかしかったか気づかせてくれます。また、子どもたちにそんな言葉は聞かなくていい、おとながまちがっていたらおとなを変えよう、と語りかけます。私たちおとなも、無意識のうちに子どもたちの可能性や未来を制限してしまわないように気をつけなくてはいけないと、考えさせられます。本書を読んでいるうちに、既存の性別の枠組みから徐々に解放されるはずです。この本が、子どもたちが新しい一歩を踏み出すきっかけになってほしい。

男性中心主義社会や格差社会、人種差別など、そういった問題のまちがいに気づいた人が一人でも多く社会を変えようとすること。そして、これからの社会を担っていく子どもたちに、正しい認識を持ってもらうこと。そのようにして、世の中は少しずつ変わっていきます。少しずつですが、確実に変わっていくはずです。本書は、そうした思いを、多くの人たちに届けたいと願って書かれたものです。ぜひ、お子さんと一緒に読んでみてください。

2021年2月

소녀와 소년 : 멋진 사람이 되는 법
(A Girl and a Boy: How to be a nice person)
Written by 윤은주 and Illustrated by 이해정
© Youn Eun Joo, Lee Hae Jeong, and GomGom 2019
© etc. books, Inc 2021 for the Japanese language edition.
Japanese translation rights arranged with SAKYEJUL PUBLISHING LTD. through Namuare Agency.

著　ユン・ウンジュ

子どものころ、差別や不平等なルールに非常に不満の多い女の子でした。差別に立ち向かい、本当にいい人になろうと思っていたのですが、いまだにあまりステキな人にはなれていないので子どものころの自分に恥ずかしい思いをしています。恥ずかしさを少しでもなくしていまよりマシな人になるため、おばあさんになるまで一生懸命に努力するつもりです。書いた本には『食べ物、ちゃんと食べる方法』『食欲をそそるいろいろな世界の食べ物』などがあります。

絵　イ・ヘジョン

「女の子らしく」話し、行動するのがずっと苦手でした。この本に絵を描きながら、これまでの自分がどれほど性別という枠組みにとらわれていたか、改めて実感することができました。子どもたちが「女らしさ」「男らしさ」という枠組みにとらわれることなく、自分らしさを存分に発揮し、自信を持って暮らしてほしいと心から願っています。文と絵を手掛けた本に『ぶらぶら　町の観察記』が、絵を描いた本に『服、ちゃんと着る方法』『韓国スポーツ 最初の英雄たち』『子どもフェミニズム学校』『イ・サンヒ先生が教えてくれる人類の話』『誰がチョコレートをつくっているんだろう』『子どものために子どもが集まった』『湿地は息をする土地なんだ』などがあります。

監修　ソ・ハンソル

小学校教員。フェミニズムの教え方を研究する小学校教員の集まり「初等性平等研究会」代表。共著に『フェミニスト先生が必要だ』がある。「初等性平等研究会」は 2016 年に作られた団体で、2017 年ある小学校教員が授業でソウルクィア文化祭の写真を見せたことが批判されたため、オンラインで「#私たちにはフェミニスト先生が必要です」というハッシュタグ運動を行った。2018 年に第七回イ・ドンミョン人権賞を受賞。

訳　すんみ

翻訳家・ライター。早稲田大学大学院文学研究科修了。訳書にキム・グミ『あまりにも真昼の恋愛』(晶文社)、チョン・セラン『屋上で会いましょう』(亜紀書房)、共訳書にリュ・ジョンフン他『北朝鮮　おどろきの大転換』(河出書房新社)、イ・ミンギョン『私たちにはことばが必要だ　フェミニストは黙らない』『失われた賃金を求めて』(タバブックス)などがある。

女の子だから、男の子だからをなくす本

2021年3月30日　初版発行
2024年9月 6日　6 刷発行

著　　者　ユン・ウンジュ
絵　　　　イ・ヘジョン
訳　　者　すんみ

発 行 者　松尾亜紀子
発 行 所　株式会社エトセトラブックス
〒155-0033　東京都世田谷区代田4-10-18-1F
TEL: 03-6300-0884
https://etcbooks.co.jp/

装幀・本文デザイン　潟見陽 (loneliness books)
校　　　正　株式会社円水社
印刷・製本　モリモト印刷株式会社

Printed in Japan
ISBN 978-4-909910-11-0
本書の無断転載・複写・複製を禁じます。